우리가 마주하고 있는 문에 대하여

세 자매가 있었습니다.

# 문 앞에서

안경미 그림책

웅진주니어

세 자매가

문 앞에 섰습니다.

문을 열자, 신기하게도
또 다른 문이 나왔습니다.

자매는 다시 한번
문을 열어 보았습니다.

여전히 문이 있었습니다.

여러 번 문을 열어 보아도
마찬가지였습니다.

"문을 부수면 되지."
하지만 문은 부서지지 않았습니다.

"불태우면 될 거야."

그러나 소용이 없었습니다.

첫째가 두려운 마음으로 외쳤습니다.
"이 문을 벗어나는 건 불가능해.
입구만 있을 뿐, 출구가 없는 문이야!"

첫째는 문 앞에 무릎을 꿇었고

그 자리에서 문을 우러러보는
나무가 되었습니다.

두 자매가 문 앞에 섰습니다.

문을 열면,
여전히 문이 있었습니다.

"나는 문 따위에게 지지 않아!
열쇠야말로 문을 이기는 힘이지."

둘째는 반짝이는 열쇠를
모으러 길을 떠났습니다.

셋째는 혼자 남아

천천히 문을 열었습니다.

하지만 그 자리엔

여전히 문이 있었습니다.

멈추지 않고
계속 문을 열었지만,

문은 그대로 있었습니다.

열어도, 열어도……

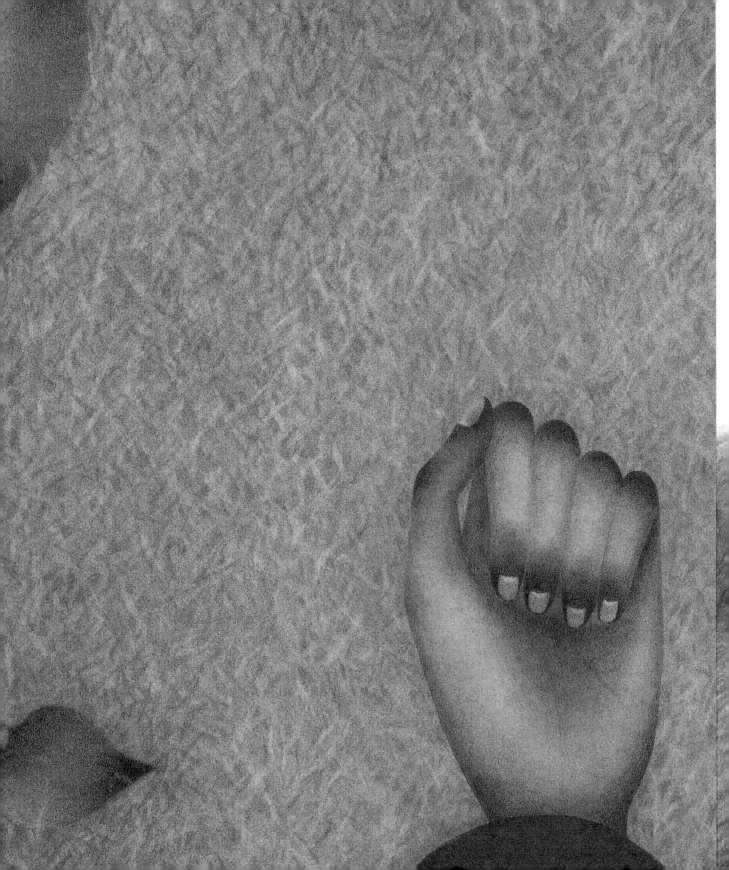

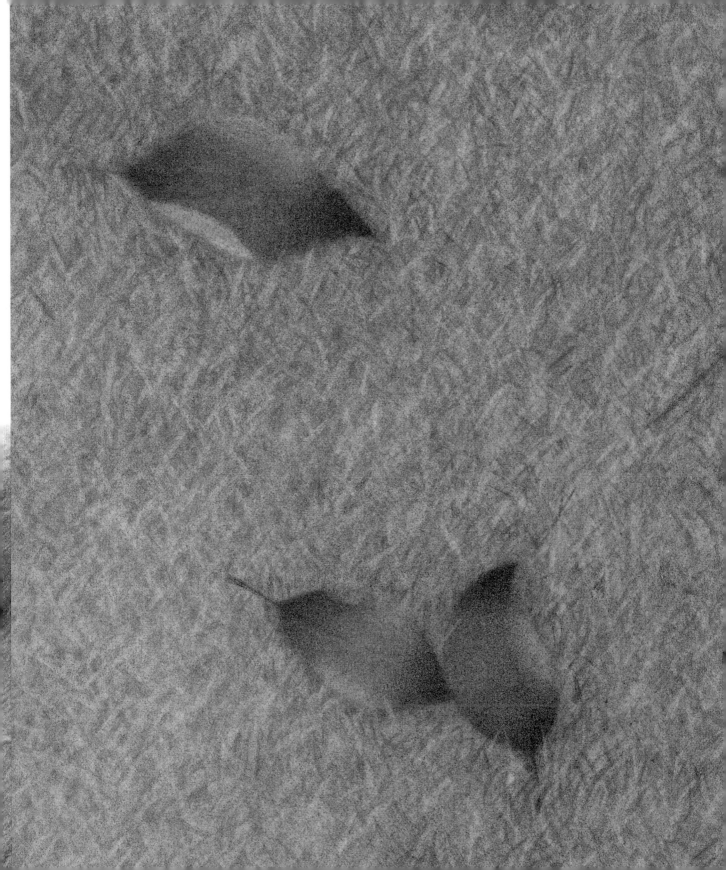

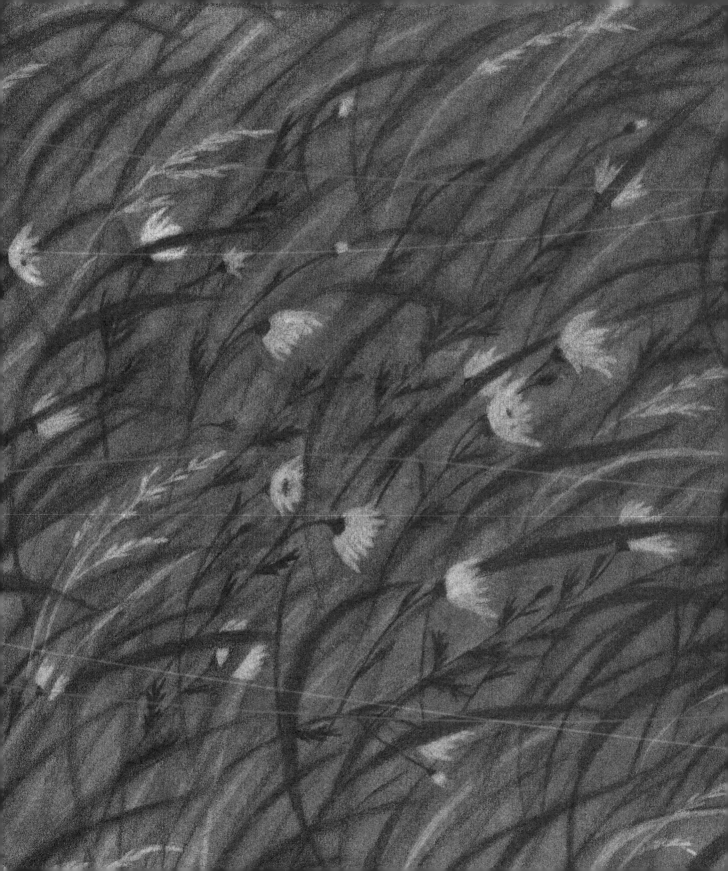

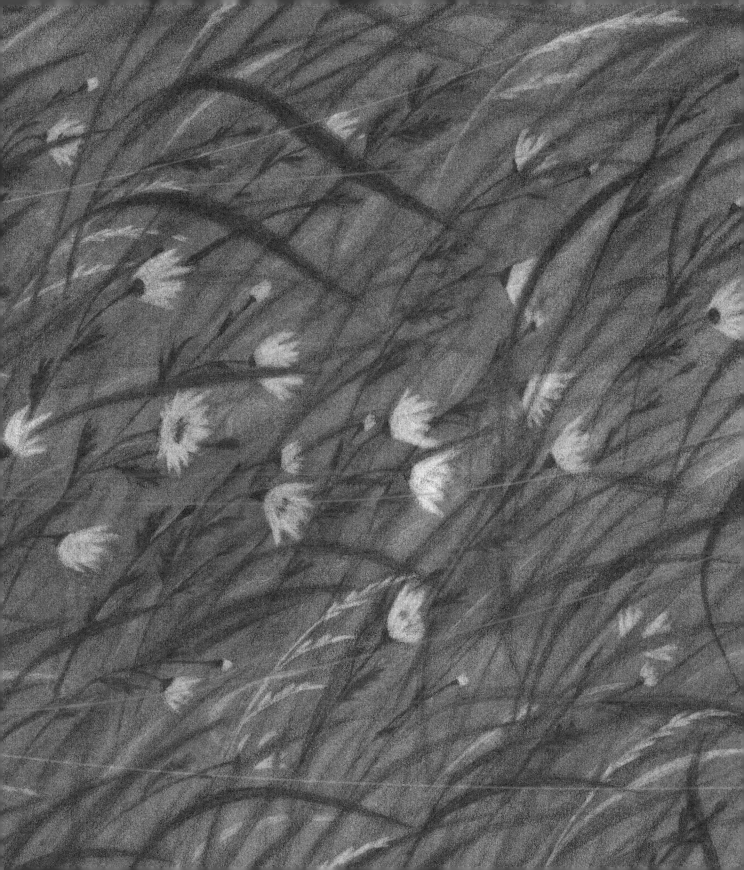

셋째는 다시 일어나
선 하나를 그렸습니다.

그리고 문을 열었습니다.

다시 선 하나를 그리고

문을 열었습니다.

문을 열고 또 열 때마다

수많은 선이 쌓여 갔습니다.

쌓인 선은

문이 되고,

문은 또 하나의

새로운 세계가 되었습니다.

지은이  안경미

반복되는 매일을 살다 보면 하루의 의미란 종이 한 장처럼 얇게 느껴지기도 합니다.

이상한 문을 상상해 보았습니다. 책이 끝날 때까지 입구가 반복되는 문입니다.

이 문 앞에서 무엇을 할 수 있을까요.

2021년 샤르자 국제 어린이 독서 축제에서 일러스트상을 수상하였으며,

2015년과 2018년 볼로냐 어린이 국제 도서전에서 올해의 일러스트레이터로 선정되었습니다.

그림책 〈책장 너머 돼지 삼 형제〉를 지었고, 〈돌 씹어먹는 아이〉 등에 그림을 그렸습니다.

그림을 그리고 산책하며 하루를 보내고 있습니다.

**웅진 ☀ 당신의 그림책**은 자기만의 고유한 언어를 가진 작가들이 건네는 다채로운 예술의 경험을 선사합니다.
경계를 넘나들며 자유롭게 예술 세계를 여행하는 당신을 위한 그림책 시리즈입니다.

**웅진 당신의 그림책 01**

## 문 앞에서

**초판 1쇄 발행** 2021년 9월 10일 | **초판 2쇄 발행** 2024년 2월 29일 | **글·그림** 안경미 | **발행인** 이봉주 | **편집장** 안경숙 | **편집** 김민선 | **디자인** 민트플라츠 송지연
**마케팅** 정지운, 박현아, 원숙영, 김지윤, 황지영 | **제작** 신홍섭 | **펴낸곳** (주)웅진씽크빅 | **주소** 경기도 파주시 회동길 20 (우)10881
**문의전화** 031)956-7454(편집), 031)956-7569, 7570(마케팅) | **홈페이지** www.wjjunior.co.kr
**블로그** blog.naver.com/wj_junior | **페이스북** facebook.com/wjbook | **트위터** @new_wjjr | **인스타그램** @woongjin_junior
**출판신고** 1980년 3월 29일 제406-2007-00046호 | **제조국** 대한민국

글·그림 ⓒ 안경미, 2021
저작권자와 맺은 특약에 따라 검인을 생략합니다.